엘리트 시선 18

그 꽃 피우게 하소서

신정일 제3시집

엘리트출판사

국립중앙도서관 출판예정도서목록(CIP)

그 꽃 피우게 하소서 / 지은이: 신정일. — 서울: 엘리트
출판사, 2017
    p. :   cm

ISBN 979-11-87573-07-4 03810 : ₩10000

한국 현대시[韓國現代詩]

811.7-KDC6
895,715-DDC23   CIP2017014505

그 꽃 피우게 하소서

신 정 일 제3시집

엘리트출판사

제3시집을 묶으면서

봄을 잉태한 버드나무가지 푸른 잎 돋아낼 꿈꾸며 새근새근 숨소리 들려줍니다. 낳고 소멸하는 자연의 순리! 오라 하지 않아도 봄이 오고 있습니다. 앞 뒷산에도, 개울가에도, 심지어는 석축 좁은 틈새에도 어여쁜 봄이 피어납니다. 양지바른 덤불 속에서 노란 꽃송이가 인사합니다. 나 요렇게 피었지요. 옹알옹알 옹알이가 들립니다. 위대한 생명들 모두 일어서 어화둥둥 춤추려 합니다.

내 마음에도 무엇인가 꽃피우고 싶어집니다. 기도로, 다짐으로, 반성으로, 서캐만한 작은 냉이 꽃에서도 아름다움과 작은 철학이 보이면 노래하고 싶어집니다. 그 한 편 한 편을 모아 봅니다.
왜 시집으로 묶고 싶으냐고요? 나도 모르겠습니다.

한적한 오솔길 무더기로 하얀 크로버 꽃이 환하게 웃고 있었지요. 어머-! 두 개를 미안한 마음으로 살짝 뽑아 꽃반지를 만들었죠. 왼손 약지에 끼고 폰으로 찍어 카톡으로 지인에게 퍼 올렸어요. 그걸 본 이종 동생, '크로버 꽃반지도 예쁘지만 옛날 울 엄

마 손마디를 보는 것 같다'는 답. 미운 손마디를 들켜 울컥 눈시울 뜨거워지는데, 그래도 지금이 행복이라는 생각. 작은 것의 아름다움, 작은 것의 고마움을 느낄 수 있는 내 인생의 마지막 선물이기 때문입니다.

 작년 목련꽃 필 무렵 이별의 아픔을 보듬은 물결은 가뭇없이 흐릅니다. 제3시집 출간을 망설이며 몇 개월이 흘렀습니다.
 결국 마음의 위로는 보약이요, 건강하고 온전한 정신생활을 가질 수 있다는 생각을 갖게 됩니다. 햇살, 바람, 공기, 풀잎 하나에도 세상이 너무 아름답습니다. 그리고 감사합니다.

 시감(詩感)을 갖게 해 준 생존 시의 그이와 나의 보물들인 자녀와 손자들, 다년간 시 수학을 해주신 이성교(李姓敎) 교수님 감사합니다. 청계문학의 무궁한 발전을 기원하며 엘리트출판사 여러분께 깊이 감사드립니다.

2017년 6월

松仁堂 申貞一

보내고 맞는 세월
─정유년 첫날 벽두에

불과 두 달 스무 이틀 반나절
환자로 힘겹게 살다 갔지만
그와 함께 살았던 지난 해
보내고 맞는 세월
단장의 이별고개 어여어여 넘어 가네

그렇게 영영 이별하는 것임을
가슴 미어지는 슬픔
사무치는 그리움
모이고 고여 응어리 되네
바위섬에 갇힌 끝자락의 고독

가뭇없이
가버린 당신이 듯
돌아봄 없이 밀려가는 원숭이(丙申年) 해
힘차게 달려오네
빛 고운 새벽 장 닭 홰치는 정유년

살아 있음에
감사함 끌어안고
세월여객선에 몸 실어보자
정유년 새아침 붉은 햇살이여
은총이여 나를 품어 안으소서.

1. 선홍빛 사과

2. 월영교(月影橋) 그 낭만

3. 새천년해안도로를 따라

4. 그 꽃 피우게 하소서

5. 목련꽃 필 무렵

1장 선홍빛 사과

지극정성 넘치는 사랑
여름 햇볕 담금질로
노심초사 붓질하여
선홍빛으로 물들였나
큰 접시에 세 알 담아
가신 임 영정 앞에
촛불 켜고 향 피우고
딸이 보낸 고랭지
햇사과 맛보시오

서설(瑞雪)

새벽 어두움 밀어내고
빛 밝히는 창문 틈새로
상큼한 겨울내음 하얗게 밀려오네

한 해를 보내는 끝자락에
밤 내 소리 없이 내려와
축복으로 쌓인 서설이었네

크고 작게 나란히
빨간 모자 눈사람
흰둥이도 뱅뱅 돌아 뛰노네

순한 눈꽃으로 물들여진 설국
앞산의 산비둘기 구구루룩 구루룩
짝을 찾는 여운 길게 구성지네.

봄의 서정(敍情)

탯줄에 목감긴 채
겨우내 눈감고
둥둥 헤엄치던
만상의 꽃봉오리

산통 앓는 소리
다투어 피워낸 봄의 서정(敍情)
목멱*산자락 개나리 진달래 목련꽃
시경(詩境)의 절정 눈부시게 곱구나

산방 아래 하얀 벚꽃이파리
봄바람에 안겨 야들한 미소
무리무리 인화(人花)들 정겨운 화답
벌 나비 꽹과리 치며 잔치가 한창이구나.

목멱산* 서울남산의 옛 이름

봄 오는 소리

정월 햇살 숨은 하늘
봄을 품은 눈꽃송이
펄펄 춤추며 내려오네
보들보들 얼굴에 떨어지네

무도회의 선녀인 양
하얀 드레스의 공주
엷은 입춘 햇살 미소에도
가냘픈 몸매 녹아버리네

육피 쪼는 새싹의 울림
봄이 오는 길목이라고
머물 듯 가늘게 들리네
목련 봉오리 눈뜨는 소리.

봄날은 온다

입춘 지나 봄이려니
가슴 설레었는데
시샘하는 꽃샘추위 매섭다

2월 영등할매 찬바람 휘몰아 와도
볕 밝은 언덕배기 덤불 속
배시시 수줍은 노란 꽃 미쁘다

거리마다 화분 가득가득
미풍에 하늘하늘 작은 꽃이파리
어느새 저리 곱게 피었나

봄을 기다리는 마음에도
매찬 추위 웅크린 목련도 벙글어
꽃샘추위 시샘해도 봄날은 온다.

*영등할매: 2월 바람을 관장한다는 민속여신

노란 봄 편지

쌓인 눈 녹였네
제 몸 온열로
검불 헤집고 내민
다소곳 작은 얼굴 복수초
따스한 봄 햇살 은총이여

꽁꽁 언 땅
차가운 겨울추위 속에서도
모태의 산통
가녀린 맑은 웃음 배시시
봄의 전령 보내주셨네

지난해에도
올해에도
순환하는 생명의 본성
위대한 흙의 갈망
평화만이 노랗게 꽃피는 이 땅이기를.

봄날 한 때

한줌 흙 옥상 틈새에
초가삼간 집을 지어
꽃피운 제비꽃 진보라
노란 민들레도 활짝 피었구나

임 찾아 머언 길 날아 온
흰 나비 한 마리
나래 접고 꽃술 위에
감미로운 봄꿈 보기 좋구나

햇살 고운 봄날 한 때
파란 봄바람 지나면
작은 꽃잎 포르르
볼우물 꽃이파리 신비롭구나

가슴에 그 향기 담아
마음 그릇 씻어내면
조용한 평화가 잠시 머물러
찰나에서 영원으로 이어지겠지.

봄나물

해토머리 비집고
용솟은 쑥 냉이 소루쟁이
논두렁 밭두렁
파릇이 수놓아 펼쳐있네

살짝 데친 냉이 조물조물
도다리 쑥국 어머니 밥상

쑥버무리 앞에 오순도순 형제들
세월 속 묻힌 촉촉한 그리움
해마다 향긋한 봄나물만 풍성하구나.

쾌청한 날에

– 동문 가을나들이

억겁의 인연 동아줄로 엮인 동문
흐른 세월 발자국 살짝 보여도
마음은 여전히 단말머리 소녀들

옥빛 푸르러 쾌청한 가을날에
무르익는 벼이삭 바람이 불면
사르륵 굽이치는 금물결 그 노래

따사한 햇살 살갗에 닿는 요 바람
꽃 같던 예쁜 흔적 아직은 남아
빨간 머플러 가을풍광보다 곱구나

조각보에 싸인 끈끈한 정
새털구름 무심히 흘러가듯이
모두의 축복 순풍에 싣고 가세나.

목멱산 꽃길

살랑살랑 꽃바람 명지바람
반짝반짝 뱅글뱅글 뱅그르르
꽃눈 날리는 벚꽃 터널 환상이어라

찬란한 봄의 순교자 꽃잎
꽃 진자리 연둣빛 푸른 꿈
꽃잎 동실동실 도랑물 흘러라

내일을 꿈꾸는 낭만의 길
연인의 봄 오월의 시경(詩境)
목멱산 꽃길 꿈 싣고 걷노라.

*목멱산: 서울남산의 옛 이름

고향집 벚꽃나무

논 가운데
들마당가 벚나무
까만 버찌 따러 올라갔는데
칭얼칭얼 세 살 조카아이

우는 아이 달래려
내려다 본 마당가운데
붉은 혀 날름 벚나무 향해
두 팔 넘을 퉁퉁한 구렁이
검은 눈빛
아, 이를 어쩌나!

아득한 옛 생각
시골집 들마당가
해 묵은 벚꽃 몇 그루
올해도 흐드러지게
들마당 가득 피었겠구나.

최후의 성찬

앞뒤 베란다창문 방충망이건만
어느 틈으로 날아든 불청객인가
망초 풀 연기 피울 수도 없고
모기향 내음은 더더욱 싫어

버선발 긴 잠옷 완전무장 곰배팔
꿈속 무의식중 빠져나가
선홍빛 빨리는 속수무책 손(手)아
참을 수 없는 근지러움 불을 켠다네

하얀 벽지에 미동 없는 점 점 점
밤마다 잠 깨우는 통통한 몸매
괴롭히지 않으면야 낸들 너를 치겠느냐
최후의 성찬을 즐긴 모기야 잘 가라.

대서(大暑)를 보내며

후끈후끈 삼복(三伏) 더위
해마다 여름더위
시원한 바람 돌려주던 그가 그립다

지난해 불볕더위 다시 왔건만
바위섬에 마음 가둔 여인아
올 해엔 바람개비만 돌리자

그 곳은 덥지 않느냐 묻고 싶어
손 전화 눌러보니 기인 신호소리만
그의 폰 tv옆에서 화들짝 울리고 있네

온화한 새벽 달빛 창밖에 서성이며
가버린 편도인생 가슴 속에 담아 두고
살던 습성 그대로 살라 이르시네.

아삼한 그리움

노란 열매 듬성듬성
키 작은 탱자나무 울타리
사립문 들어서면
진분홍 살살이 꽃송이
하늘하늘 웃고 있었지

뒤란 장독대 옆에
맨드라미 채송화 봉선화랑
누가누가 더 고울까
뽐내어 피었었지

베적삼 송골송골 땀방울
텃밭 가꾸시던 울 엄니
쫀득쫀득 삶은 옥수수
어머니 슬하 유년의 여름
아삼한 그리움이여.

묻지 않으리

절기라는 수레바퀴 앞에
에둘러 주춤 비켜서는
이글대던 여름더위
금시 조석바람 살갑구나

처서(處暑) 등에 업혀오는 귀뚜라미
실려 가는 애잔한 매미사랑노래
가뭇없이 바뀌어 사라지는 세월
그리운 미소만 가슴에 간직하리

처서 입추 밀어내고
풀잎에 이슬 맺히는 백로야
보내고 오는 그대들에게
왜 이리 빠르냐고 묻지 않으리.

구월이 오면

처서 서늘바람 몰고 오면
방문마다 새 하얀 옷 입히던 시절
배시시 볼우물 짓는 새아씨 꽃단장

연지곤지 코스모스 꽃이파리
요모조모 예쁜 수 놓으셨지
방문 검은 문고리 옆에

동백기름 쪽찌신 어머니 손길
아련한 임의 모습 그리워지네
구월 선들바람 불어오면.

선홍빛 사과

지극정성 넘치는 사랑
어느 과수원의 부부손길
여름 햇볕 담금질로
노심초사 붓질하여
선홍빛으로 물들였나

큰 접시에 세 알 담아
가신 님 영정 앞에
촛불 켜고 향 피우고
딸이 보낸 고랭지 햇사과 맛보시오
은근한 그의 미소 촛불 속에 흔들리네.

신정일 시집

그 꽃 피우게 하소서

2장 월영교(月影橋) 그 낭만

환상의 다리 월영교
모로 누워있는 여인의 자태
물 위에 누운 두 그림자
윤슬 따라 흐르는 낭만이여
어화둥둥 사랑 싣고 멋지게 춤추네
별빛 푸른 둥근달 밤
팔각의 월영정 품에 안긴 연인
소곤소곤 속삭이는 사랑이야기

가을밤

구름 속 우르릉 우르릉
용들의 붉은 혀 날름 번쩍
초저녁 어두움 가르고
한 줄금 빗줄기 오는가 싶었네

오랑오랑 오실 듯
갈증만 남기고
후줄근 초가을 무더위
가을 밤 어디로 싣고 가는가

담 넘어 풀 섶 풀벌레소리
대숲에 자리 잡은 귀뚜라미
새색시 베게머리송사 길게도
가을밤 지새워 속삭이고 있구나.

겨울 한파(寒波)

폭설 한파
제주도와 울릉도
꽁꽁 꽁 얼어버린 강추위

3박4일 북적북적 북새통
제주공항 노숙광장
빠끔한 지붕처마 눈 쌓인 울릉도

여행의 즐거움 연인의 낭만
삼천포로 빠져버린 허탈한 사람들
겨울 한파 온난화의 심술인거야

한강물도 꽁꽁 꽁 썰매 타는 아해들
고향집 문전옥답 얼음 지치던 때
아련한 옛 친구 웃음소리 들리네.

2016. 1. 21일 대한(大寒)
울릉도 32년만의 폭설, 15년 만의 한파 −18도

겨울밤 빗소리

미명(未明) 새벽부터
배곯은 시어미 얼굴이더니
추적추적 겨울비 내리네
종일토록 이슬비 내리네

목 타던 지난여름 가뭄
겨울비 어머니 발자국 소리
뒷집지붕 홈통 졸졸졸 졸졸
조랑조랑 가랑가랑 내리네

부슬부슬 겨울밤 비오는 소리
새 신부 베갯머리송사인가
멀리서 희미하게 들려오는
여인의 숨결 오카리나 소리인가

사람 미워하면 그 마음 지옥이요
이웃사랑 곱게 보면 내 마음 천국이니
생명의 젖줄 빗소리 고운소리
자장자장 잠잘 자라 자장가 소리.

화려한 축제

– 오색별빛정원 축제를 보고

환상의 나라
'아침고요수목원'
오색별빛정원축제

신의 섭리 아니어서
향기는 없지만
고운 빛 화려함이여
실바람에 미동하지 않아도
사람 마음 흔들어 놓는구나

반짝반짝 전구불빛
찬란하여라 눈이 부셔라
오색정원 감탄의 환성 빛의 축제
만끽하는 연인들
하늘 높이
메아리 울려 퍼지네

휘감긴 전구불빛
나무들 뜨겁지 않을까
자기들 별미만 찾는 인간들
지상천국 아름다운 황홀함이여.

넘치는 감사

버스 차창 밖
화원 앞에 늘어놓은
조막만한 모종화분
엷은 바람에도
꽃이파리 하늘하늘
삶의 희열 가득 하구나

손짓하며 다가오는 봄
해맑은 날 기분 좋은 날
작은 것에도 넘치는 감사함
핑그르르 눈물 스미는 이유
생명의 환희
살아 있음의 감사 그런 건가봐.

라일락 꽃향기

겨우내 추운 옥상에 서 있는
이름표 없는 마른가지 화분 하나
베란다 창가에 몇 밤을 품었네라

사알작 다가와 미소 짓는 이
하양보라 송알송알 꽃피우네
은은한 향 그 꽃인 줄 몰랐네라

속적삼에 가려진 여인의 살 내음
코끝에 다가온 꽃바람인양 스치네
거실가득 사랑사랑 라일락꽃향이여.

나는야

이천 만분의 일 경쟁에서
흙 비집고 싹틔운 새순
태어나 축복 받은 복덩이였지

맑은 물이다가 흙탕물이다가
굽이굽이 휘돌아 징검돌 사이
회류(回流) 자정 번복하며 바다에 이르렀네

청정 나무뿌리 바위의 인내로
흐르는 물 소용돌이 삶일지라도
예까지 온 평안 무한 감사드리네

누구에게 많고 적고 기대하지 말고
누구를 연연하지도 마세나 나는야
나를 사랑하고 존중하며 살아야지라.

월영교(月影橋) 그 낭만

안동 땜 하류
넓은 강폭(江幅) 가로 지른
환상의 다리 월영교
모로 누워있는 여인의 자태
빼어난 그대 모습 황홀하구나

그이와 손잡고
기인 나무다리 걸었네
물 위에 누운 두 그림자
윤슬 따라 흐르는 낭만이여
어화둥둥 사랑 싣고 멋지게 춤추네

별빛 푸른 둥근달 밤
팔각의 월영정 품에 안긴 연인
소곤소곤 속삭이는 사랑이야기
출렁출렁 물에 비친 달그림자
밤 지새는 줄 모르고 엿듣고 있네.

월영교*: 국내에서 가장 길며, 차량 통행이 불가한 나무다리
월영정*: 월영교 중간에 있는 쉼터

여정(旅程)

오르막 내리막 가파른 길
중간 중간 서리 맞아
시들지도 않고 피지도 못한
해바라기 노란 꽃
곧은 줄기

크게 피지 않았어도 좋아
성심으로 살아 온 길
아쉬움도 많지만
후회하진 않으리

가을하늘 코발트 색
일렁이는 황금들녘
따사한 햇살의 은총이여
더도 들도 말고
이만하면 잘 살았지라.

작은 소망

잔잔한 윤슬 마음이 부요해서
오붓이 아름답던 저녁노을 강

떠난 자리 빈자리 기운 둥지
반세기의 삶 한 점일 뿐 허무로다

고약스런 번민 불면증
무성한 상념만 맴맴 돌뿐이네

추적추적 비 내리는 밤의 적요
지옥인가 연옥인가 털털 털 빈 수레

가슴 속 맴돌아 서성이는 그리움
작은 소망 기도로 살자 마음 다지네.

별꽃을 보며

백세시대 팔순이면
인생시작이라 하더만
당신의 긴 병상 그 세월
어쩌다 인생 그리 엮었느냐
원망하지 않겠습니다

막막하고 답답할 때
바람 쏘일 수 있도록
배려해 준 착한 당신
바람막이 울타리
의지되는 벽 이었습니다

그만하기 다행이어서
주님께 감사한 마음
보듬어 지키겠노라
하늘가득 별꽃에게
눈빛 묵언 보낸 세월이었습니다.

햇살 고운 날

솔솔바람 햇살 고운 날의 유혹
어디라도 나가보라 거닐어보라
가까운 산 오솔길 늘 푸른 길

구불구불 풀 섶 솔바람 길
애기똥풀 진보라 깨꽃
생글생글 반겨주네 어서 오라고

적송에 등 기대니 무아의 삼매경
다람쥐 한 마리 눈 맞추다가
손살로 달아나네 누가 뭐랬나

가을하늘 고운 반나절의 숨 돌림
이만하면 마음도 푸르청청
하늘 바람 나무 모두가 파랗구나.

바다를 보면

북에서 내려 온
머구리의 꿈 출렁이네
바다를 보면

모태의 젖줄
보석이 누워있는
저 깊은 물 속
밧줄로 꽁꽁 동여매고
물속 깊이깊이 빨려가네 그가

넉넉히 품은
만상의 보고 바다 속
행복을 낚는 그의
위대한 삶의 터전 푸른 바다여
머구리의 삶 다독여주네

따뜻한 남쪽나라
남으로 내려 온 그가
따스한 행복 충만하기를
까치 노을빛 하늘에 기원하네.

놋그릇 향수

헛 제사 밥/ 까치구멍 집
조물조물 모둠나물
반들반들 유기대접
둥그스름 따끈따끈 밥주발
손질 많이 가는 놋그릇이라니

그 옛날 어머니 시절
명절 때면 묵직한 제기 꺼내놓고
지푸라기에 재 묻혀
반짝반짝 닦으시던 손길
불현듯 아련한 그리움 떠오르네

안동 댐 나루터 전통음식점
헛 제사 밥/ 까치구멍 집
옛 놋그릇에 담아낸 비빔 밥
맛깔스런 시원한 탕국 모둠부침
길게 남을 정갈한 향수의 추억이여.

*묵직한 품위의 놋그릇, 베이킹소다, 식초, 구연산을 적당한 비율로 희석한 물에 담그면
 깨끗해진다네.

숙원의 그리움
- 이산가족상봉장을 보며

앳되던 스물한 살 건장한 청년
마흔세 해 산 넘고 파도 넘어
너럭바위 징검다리 건너고 보니
내 아들 아니어 너무 늙어버렸어

북 바친 설움 통한의 오열
나락으로 떨어지는 미수(米壽)의 그 모친
마구 눈물 쏟아내시네
혼절 하시네 언제 저리 늙었느냐

43년 전 황해에서 물고기 잡다가
납북된 오대양호 스물다섯 어부
그 중의 한 사람 살아있어 고맙다
세 오누이 부여안고 피울음 토하네

세기의 피멍든 이산의 아픔
허리 묶인 한반도 70년 세월
풀리어 오갈 날 언제 오려나
허기진 숙원의 그리움이여.

동백섬
– 거제 지심도(只心島)에서

동백나무 군락지 나무들이여
동백기름으로 치장 하셨나요
대나무 소나무 풀잎 모두가
초록 윤기 자르르 꽃만큼 곱네요

동백아씨 본고향 지심도
석 달 열흘 피고 지는 동백꽃
길 위에 누워버린 꽃송이마저도
얼씨구절씨구 곱기도 하구요

쪽빛 바다에 떠있는 작은 섬
태고를 자랑하는 초록의 밀림
들국화 동박새가 반기는 오솔 길
동백나무 꽃자리 꿈꾸는 소리 들려요.

신정일 시집

그 꽃 피우게 하소서

3장 새천년해안도로를 따라

치솟는 하얀 물보라 촛대바위
그 절경 홀로 보는 사무친 그리움
어디메서 지켜보실까 그 임이
눈 감지 못하고 떠난 하늘이여
새천년해안도로 달리는 사념
시름일랑 털어내자
어차피 홀로인 것을.

강변의 여인
- 내린 천에서

염원 담아 쌓아올린 돌탑만 가득
물 마른 강바닥 섬섬옥수 은빛몽돌
하염없이 바라보는 강변의 여인

볼라벤*의 꼬리 비바람 찰랑찰랑 내린 천*
장관이던 물줄기 흐르는 물소리
웅장한 자연의 교향악 황홀했었지

그해 푸르던 여름
출렁이는 물길 따라
그이와 거닐던 강변의 추억이여

순환하여 오는 어느 계절에
강물은 또다시 채워지겠지만
오메불망 다시 오진 못할 그리움이여.

내린 천*강원도 인제 만해마을, 백담사 앞을 흐른다.
볼라벤: 2012년 8월에 한반도를 강타한 태풍, 덴빈도 뒤 따랐다.

물 향기 수목원

푸른나무 황금나무 사이길
융단 곱게 깔린 길 버석버석
꽃단풍 누운 길 와삭 와사삭

우람한 메타세콰이어의 열망
높이 솟아 죽죽 뻗어 있구나
하늘까지 오를 기세로

시월상달 꽃바람 따스한 햇살
꽃만큼 고운 신들린 단풍잎
사푼사푼 사랑이별 붉게 태우네

맑은 공기 신선한 숲 바람
물과 나무 어우러진 숲 속
자기들 본보기로 융합을 배우라네

누가 무어라 말하지 않았거늘
흘긋흘긋 눈치 보는 청설모 한 마리
숲 따라 푸른 물 향기 취하게 하네.

*물 향기 수목원; 경기도립 수목원, 오산에 소재

배롱나무 꽃이여

전장(戰場)에 나간 왕자
그님 그리워 그리다가
갯바위에 앉아 숨진 여인
그 무덤 위에 자생(自生)한
전설의 배롱나무 홍자색 꽃이여

무성한 가지가지 끝 줄기마다
송알송알 피워내는 소담한 꽃
홀로 쏟아내는 선홍빛 그리움
석 달 열흘 피고 지는 백일홍
배롱나무 꽃이여 여인의 넋이여

선비들 모이는 정자 앞마당
부요한 집 정원 연못가에
모셔지는 우아한 부귀여
칠 팔구월 길게 피고 지는
임 향한 그 절개 피멍 든 넋이여.

송림사이 둥근 달

- 몽산포에서

삼경이 지나도 식지 않는 여름 무더위
송림 사이 긴 의자 만삭의 밝은 미소
숲속 초록바람 비단피륙 휘감아 도네

중천에 떠 있는 배불뚝이 달님아
한가위 보름달보다 더 크고 밝아
고향친구 만난 반가움 설레는구나

바다가 출렁이는 몽산포 성락원 뜨락
칠월 보름달빛 소곤소곤 별들의 노래
온화한 그대여 푸른 노심을 알겠느뇨

해송 위 둥근달 숲속의 밤바람
마음텃밭 이랑에 달도 별도 심어
추억의 시(詩)로 꽃피워 간직하리라.

몽산포*: 충남 태안군 남면 몽산리 소재
성락원*: 서울성락교회 수련회관

꽃지 해변을 걸으며

할매 할배 바위섬 나란히
바닷물 푸르게 출렁출렁
그리워 마주보고 두둥실 떠있네

싸움터에 출정한 승언장수
기다림에 지친 미도부인
바위로 굳어진 넋이여

썰물 저만큼 밀려서 가면
속살 보인 몽돌자갈 어깨동무
그리움 노래하는 부부 바위섬

꽃지 해변 맨발로 걷노라면
임 그리는 애절함 들리어오네
가신 임 보고픈 이맘도 구슬퍼지네.

꽃지 해변*: 충남 태안군 안면읍 승언리 소재

가을 깻잎

사시사철 윤기 잘잘
보들보들 가을 깻잎
시골장터 할무이 노점에서
한 자루 끙끙 모셔 왔지요

팔팔 끓는 소금물에
한 두밤 재웠다가
조루루 따른 물 끓이고
또 끓여 식혀 부었죠

숨죽은 깻잎 한 켜 한 켜 사이에
다진 마늘 고춧가루 달달 볶은 참깨
차곡차곡 분단장 어여쁜 새앗씨
입 맛 돋우는 맛 향기 좋은 밥도둑이죠.

삼척이 아름다워

– 환상의 레일바이크

궁촌에서 용화로
용화에서 궁촌으로
비경의 해안 터널 오가는
삼척해안레일바이크
어느 것 하나 환상이지 않으리

청명한 하늘 바다가
하늘이다가 바다이다가
돌돌 말아오는 물결이더니
신비의 터널 속 후루룩 빨려가네

바로셀로나의 영웅
그의 이름이 맞아 주는
원더풀 터널 벗어나면
도열한 해송(海松) 높푸르네

고래 큰 입 환타지 터널 천정엔
요리조리 헤엄치는 상어 고래 오징어
오색찬란한 불빛 신비의 바다 속
환상의 레일바이크 다시가고 싶네.

낙엽을 보면서

단풍 잎 쌓인 정릉 천 둘레길
긴 의자에 앉아서
길섶에 쌓인 고운 낙엽을 보네

푸르게 빛나던 소명 다한 잎
문득 윤기 잃은 어머니 손등
아삼히 눈에 어리어 일렁이네

봄에 와서 한 여름 머물다가
홀가분 가을에 떠나는 붉은색 나뭇잎
밟지 마라 위대한 여정 고귀한 희생을.

나도 모를 내 마음

어여어여 흐르는 윤슬
일렁일렁 푸르청청 산 그림자
하염없이 바라보는 마음
흐르는 대로 마음가는 대로
가다보면 어디까지 가고 있는지
나도 모를 내 마음

덤불속 비집고 올라 온
작은 노란 꽃 눈여겨보다가
가슴에 고인 꽃잎 모아
더 작은 꽃이라도
한 송이 꽃으로 피워 보랴
이봄에 뉘게 상의할 이가 없구나.

꽃들아

닫힌 공간
곱게 핀
가지가지 꽃들
제라늄 호접 란
봉선화 분꽃 채송화
제자랑 뽐내고 있건만
벌 나비 한 마리 너울너울
날아 올 수없는 이 뜨락
꽃들아 미안하구나.

솔솔 꽃바람

한 줄금 새벽 비 시원히 쏟아지더니
세상 휘어잡던 후텁지근 폭염더위
밤사이 줄행랑 어드메로 숨어버렸네

밀어내도 지근지근 버티던 여름더위
한 세상 영원한 건 아무것도 없음인가
때 되어 슬그머니 떠나가는 계절이여

임의 바람 솔솔 그 상큼한 감촉은
사랑스런 우리 아가 웃음 짓는 꽃바람
하늘하늘 코스모스 가을 불러 오겠네.

호족소반

초승 달 열두 문양
말끔히 다듬어진 길쭉한 다리
갈고 닦은 목공의 땀방울
옛것의 은은한 멋 매료 되누나

반들반들 호족소반 위에
따끈한 찻잔을 올리리라
시원한 오색화채도 올려놓고
총총 고운 눈빛 웃음꽃 피우리라

옛것의 운치 어루만지며
한 겹 두 겹 열두 겹을
당신과 삶이 머무는 순간마다
해맑은 노래 엮으리라.

새천년해안도로를 따라

처얼석 철석 바위를 때리면
치솟는 하얀 물보라 촛대바위
그 절경 홀로 보는 사무친 그리움
하늘 나는 갈매기야 네가 알겠느냐
밀려오는 파도야 너도 모르리

아득한 저 수평선
뭉실뭉실 피어오르는
뭉게구름 위일까 파란 하늘일까
어디메서 지켜보실까 그 임이
눈 감지 못하고 떠난 하늘이여

하늘 바다 에메랄드 물빛
정라항에서 삼척 솔비치까지
새천년해안도로 달리는 긴 사념
동해안의 비경 가슴에 담으며
시름일랑 털어내자 어차피 홀로인 것을.

*새천년해안도로: 공식 명칭은 새천년도로

새벽 빗소리

처서 중추절 지나도
식을 줄 모르는다
가마 솥 수증기 긴긴 더위

미명 열리는 창가에 귀 기울이니
어머니 발자국 사박사박
오호라 반갑고야 새벽 빗소리

비오면 식어질까 반가워했건만
잠시 오다 멎어버린 반갑던 소리
가고 오지 않는 임이듯 오마지 않네

오던 비 아니어도 다시 내려주시어
조는 이파리 화들짝 잠 깨우소서
아이야 단비 오시려나 기다려 보자꾸나.

땀 흘리는 자에게

외등마저 잠든 고요적적 골목 길
후텁지근 열대야 이른 새벽
부릉부릉 오토바이 새벽 깨우는 소리
성심근면 부유한 삶 살게 하소서

찜통더위 방울방울 구슬이 서 말
건설현장 비지땀 흘리는 주역들
강인한 근로정신 나라부강 밑바탕
어우렁더우렁 춤추게 하소서

간척평야 금빛곡창 하늘 맞닿는 지평선
푸른 바다 위 길게 뻗은 튼튼 다리
층층건물 하늘 높이 부강이룬 이 강산
덩더꿍 덩더럭 사랑하며 살게 하소서.

유년의 그 설날

섣달그믐 밤 곤한 잠을 잤더니
하얀 밀가루 눈썹에 칠해놓고
거울 들이밀며 얼굴 보라 웃어대네
흔들어 깨우는 장난꾸러기 언니

홍치마 색동저고리 꽃버선
명주색실 벌 나비 수놓아
달아주신 노란 복주머니
따스한 어머니 사랑 어이 잊히랴

하얀 눈썹 색동옷자락 설빔
부모님 슬하 유년의 그 설날
황금마차에 실려 오는 추억
그리움 하나 둘 별 헤는 밤이여.

살아있음에

불가마 무더운 찜통이어도
유수의 세월 며칠만 견디면
가을 선들바람 불어오리니
엊저녁 풀벌레 한 가락 예시해 주네

바람 날개 연신 돌고 돌아
대자리에 등 대니 그 시원함이야
불볕 가마솥더위일지라도
살아있음에 감사 여기가 천국이네.

4장 그 꽃 피우게 하소서

굽이굽이 인생길
억겁의 인연으로 맺어진 부부
인내(忍耐) 맑은 정신으로 꽃잎 피우는
마음이게 하소서
햇살 바람 공기 오늘을 감사하는
마음이게 하소서
아름다움 간절한 소망 감사함을
기도하게 하소서
그 꽃 피우게 하소서.

어머니 마음

날개 달고 하늘 오른
미운 일곱 첫째 둘째
시린 가슴
애절한 긴긴 세월
물든 푸른 멍
어머니 가슴

별 총총 밤하늘
정화수(井華水) 떠 놓고
지키지 못한 회한
서리서리
달빛에 실어 올리시던
어머니 기도소리

물행주로 닦고 닦아
햇빛에 빛나던 장독대
어머니 손길
가슴에 묻은 애절함
한 삶 앓으시던 당신의 마음
가슴에 품고 어이 사셨을고.

내 마음속 수묵화(水墨畵)

텅 빈 들녘 벌판
재두루미 날아와
나래 접고 쉬던 곳 '간사지'
그 해 겨울 하얀 수묵화

휘 몰려 쌓인 눈
귀 떨어질 듯 매섭던
눈보라 겨울바람
눈 덮인 들녘 잊을 수 없어라

거기 까만 점 하나 꼬물꼬물
무지개 꼬리 놓을 수 없는
어린사슴 야무진 꿈
눈밭 이랑에 푸른 달빛 물들였지

파릇이 찾아 온 봄
개나리 노란 꽃 기지개 펼 때
예쁜 꽃봉오리 하나
온 천지가 부자 되었네.

새벽 찬가

새벽 창문에 어리는 미명
꿈 싣고 달리는 배달 소년
싱그러운 하루가 열리다

건너 집 대문 앞 부스럭 부스럭
환경미화원 손놀림 비닐소리
어느 집 가장의 숭고한 정신이다

이른 시각 정좌한 온유한 구도자
그의 눈빛 머문 펼쳐진 아침신문
새벽이 좋아 그 모습 참 보기 좋더라.

*구도자; 오랜 지병의 환자. 시어로 쓰는 애칭

개량메주

장작 불 활활 타던 아궁이 불빛
메주콩 삶는 날 구수한 콩 냄새
아삼 아삼히 그리운 어머니 시절

황곡 균 넣어 개량메주 만들어
볏짚 깔아 고운 잠 재웠더니
하얀 메주꽃 곱게 피었네

얕은맛 간편함에 익숙해져
전통의 변이에 편승하는 것
지혜인가 시대의 흐름인가.

정릉천의 추억 1

부글부글 비누냄새
삶은 빨래 방망이질
속 때 겉 때 부비고 두들겼지
물살에 흔들면 뽀얀 옷가지
여인네 마음도
상큼해지던 빨래터였지

이집 저집 아낙네 모여
쌓인 시름 방망이질
흐르는 물에 헹궈 보내고
자식자랑 살림자랑
웃음꽃 환하던 개천가 빨래터
그 옛날 정릉천 꼭꼭 숨었어라

빨강 노랑 실타래 기인 피륙
탈탈 털고 죽죽 펴서
물기 걷는 햇볕 실바람
나염공장 장화 신은 근실한 부부
그 집 코 흘리게 아이들 뛰놀던
그 옛날 정릉천 풍광 잊을 수 없어라.

정릉천의 추억 2

여름 한낮 더위
달콤한 낮잠 시든 호박 잎
덩달아 잠자리도 졸던 개울가

파란하늘 뭉게구름
물길에 실려 둥둥 흐르고
아이들 물놀이 첨벙이던 놀이터

살금살금 잠자리 채
숨죽이는 발걸음
아해야 몇 마리나 잡히더냐

냉장고 스티로폼 꿀꿀 돼지
넘실넘실 두둥실 경주하는
여름 장맛비 누런 흙탕물

흐릿한 수채화로 걸려있는
추억 속의 정릉천 간곳없이
도시고가도로만 떠받치고 있구나.

새로운 인연

상처 있어 버려졌나
무슨 잘못으로 쫓겨났나
요리조리 살펴봐도 흠은 없구나

부축해서 모셔다가
콕콕이 앞에 놓고 앉아보니
빙글빙글 회전의자 일품이구나

'억울하면 출세하라 출세를 해라'
어느 시대의 노랫말 떠올라
동그라미 웃음물결 동글동글 퍼지네

인연 다해 버려졌을지라도
눈이 보배인 새로운 만남
정붙이는 것 사람만이 아니더라.

찬란한 골목 안

무성히 아름다운 화분마다
초록빛 반들반들 푸르러 좋구나
싱그럽게 윤기 흐르는 꽃들아

서 말 구슬 땀 흘리시며 여름 내내
늘어선 꽃들에게 물 주시는 학원장님
고운님들은 알리라 그 진지한 모습을

활짝 핀 꽃들 방긋방긋 웃고 있네
곱게 피어있는 꽃 찬란한 골목 안
오가는 이들 화답하여 미소짓네

학원 아이들아 청소년들아
원장님 지성으로 쑥쑥 자라서
부강한 우리나라 큰 기둥 되어 주렴.

시(詩)를 읽는 밤

〈어머님 햇살〉 시집을 읽고

홀로 조용히 고요한 밤
여인의 혼 어린 시모음 펼치니
그녀 성품이듯 묵직함 서려있네

한 장 두 장 책갈피 속에
그가 살아 온길 살아가는 길
아슴푸레 보이네 느껴지네

보낸 후 더 커지는 그리움
못 다한 사랑 삶의 애환
애틋한 혼 불 풀어쓴 시혼

'물같이 바람같이 살리라'는
허허롭게 비운 그녀의 마음
심금 울리는 애련한 여심이여.

〈어머님 햇살〉 청강 이금순시인 시집

보리밥

까끌까끌 미끌미끌
너나없이 가난하던 시절
허기 채워주던 보리밥

고추장 참기름
조물조물 열두 나물
꽁보리 비빔밥 건강식이라네

너도나도 즐겨 찾는
꽁보리 비빔밥 집
어화둥둥 세상 많이 변했구나

보릿고개 넘고 넘어
우덜 육신 키워낸 보리밥
이제야 그 고마움 알겠구나.

*우덜: 우리들(충청도 사투리)

추억이 머문 집

자연의 섭리 속 꿋꿋이 살아 온 세월
알콩알콩 달콩달콩 살고지고
미운 정 고운 정 쌓았던 오두막 집

올몽졸몽 어리던 꽃봉오리
꽃피워 꿈 여물던 추억이 머문 집
비바람 불어도 햇볕 따스했었지

지즐지즐 노고지리 노닐던 들녘
황금물결 일렁이던 고운노래
마른가지 까치밥 겨울하늘 푸르러

너른 들녘 두루미 홀로 버거워
옛 살던 둥지 다시와 짐 푸노라니
슬픔보다 깊은 고독 보듬고 가야겠네.

올몽졸몽= 올망졸망= 올목졸목
노고지리* 종달새, 종다리의 다른 이름

창밖 그림자

오두막집으로 이사 오던 날
짐 풀어 날밤 새우는 자정 넘어
창문 스치는 손짓 뉘 그림자일까

수북수북 쏟아져 쌓이는 서설(瑞雪)
길가 화단 키 큰 소나무 가지마다
새하얀 눈꽃 소복소복 피어나네

어느 해 초겨울 첫눈 오던 날
눈 온다 나와 보라 소리치던
그 목소리 추억 속에 들려라

열 두해 전 옛집으로 옮겨왔느냐
그가 눈(雪)으로 다가와 인사 하는가
아삼한 환상 사푼사푼 하염없어라.

운명이라면

약한 육신으로 태어난 그도
그를 만나게 된 것도
운명적으로 만난 그와 나
원망하지 않으리
후회하지 않으리
맡겨진 짐 지고 갈 뿐이리

사랑 미움 연민 쌓여있기에
비켜갈 수 없는
운명이란 놈
밤마다 별들의 이야기 귀 기울여
보듬어 안고 가야하리.

사랑사랑 사랑

맞잡은 손 아끼고 보살피다가
이별 뒤에 뱅뱅 도는 그리움
안개 속 애틋한 정의 습성
가슴에 보듬어진 사랑인거야

길고 긴 유병세월
사위어가는 모닥불
연민이었다가
사랑이었다가
지고지순 연민
연민이고 연민인것

가슴에 고이는 가랑비
그렁그렁 하늘 올려 볼 수밖에
도랑물 흘러라
삶 그 너머 애절한 사랑인거야
번뇌 고독 바로 인생인거야.

미워해서 미안해

훤칠한 키 알맞은 체격
귀 이마가 준수한 용모
하늘이 주신 밥그릇
그가 약골일 줄
모른 것이 실수였다.

아홉 식솔의 밥줄
헌신짝 던지듯 버린 남자
그가 미웠다
철따라 몸져누우면
더 미웠다 섬으로 미웠다

강줄기 흐르는 중 내내
애인하자며
떨어지지 않는 여인네들
보기 좋은 떡인 줄
모른 내가 바보였다

기대면 따뜻해야할 등받이
서산마루 고운 강물 출렁일 제
목울대 넘어오는 목울음

미워해서 미안 미안해
본정신으로 살아줘서 고마운 것을

40여 성상 안팎 보듬어
사람종자로 허둥대다보니
물 스민 흙 담 볏짚이엉에도
자작나무상고대 반짝이는 햇살
일편단심 사랑이었노라 말하리라.

명품 바위

형제봉 아래 일선사(一禪寺) 길옆
억겁의 만고풍상 품어 안은
웅대한 명품 바위 놀랍지라

푸른 숲에 쌓인 삼각산
예서 바라보니 지척이 듯
그 시절 생각만 간절하구나

머언산 청림에 눈길 보내니
길 옆 큰 바위 지금도 여전하신가
그이와 걷던 추억 아련한 그리움 하나.

형제봉* 삼각산 일선 사 쪽 나란한 두 봉우리
일선 사* 삼각산 보현 봉 밑에 자리한 산중고찰. 조망이 제일 좋다 함.

그 꽃 피우게 하소서

굽이굽이 인생길
부딪게 되는 만난(萬難)
보듬어 안고 가는 연민 도륜(道倫)
밀려오고 쓸려가는
억겁의 인연으로 맺어진 부부
다져지는 모래갯벌
고뇌 인내 환희의 기쁨
그냥 사람의 종자가 되겠는가

인내(忍耐) 맑은 정신으로 꽃잎 피우는
마음이게 하소서
햇살 바람 공기 오늘을 감사하는
마음이게 하소서
아름다움 간절한 소망 감사함을
기도하게 하소서
그 꽃 피우게 하소서.

신정일 시집

그 꽃 피우게 하소서

5장 목련꽃 필 무렵

새벽 공기 가르며
미끄러지는 리무진
강변로 오색 가로등도 조용히 밝혀주네
날개 달린 백마 등에 올라앉아
위로 위에로 사뭇 위에로
달리고 달려 높이 오르는 환상
불 밝히는 목련꽃 필 무렵
3월 하순 개나리 노오란 꽃길

마음 기도

굳어지는 구도자의 근육
여기저기 파스 하나 둘
그를 위한 움직임 마다
꽃 이파리
피우는 마음이게 하소서

가늘게 흔들리는 촛불
그를 지키는 그림자
애달픈 연민 흐르는 강물
한 송이
꽃피우는 마음이게 하소서

열 번 마음 비워 다짐해도
마음과 실천이란 기름과 물
다듬고 깨달아야 사는 길
바닷가 몽실몽실 쌓인 몽돌
바위의 인내로 버틴 세월이여.

미안해하지 말아요

힘겨운 것 불편한 것
언제라도 말 하세요
참지 말고요

그 많은 세월
멍들고 싶어 멍든 것 아니잖아요
하늘이여 착한 구도자여

당신의 고통 빗물로 모여
진흙 속에 뿌리내린
한 송이 연꽃으로 피우리다

힘든 것 필요한 것
무엇이든 말만 하세요
미안해하지 말구요.

목련꽃 필 무렵

불가마 향해
차디찬 주검 싣고
새벽공기 가르며
미끄러지는 리무진
따라오며 배웅하는
이월 열이레 새벽 달빛
온유한 구도자 영영 보내는 날
강변로 오색 가로등도 조용히 밝혀주네

교황님 예복 빨간 긴 목도리
너울너울 흩날리며
날개 달린 백마 등에 올라앉아
뒤 돌아봄 없이
구름 뚫고
위로 위에로 사뭇 위에로
달리고 달려 높이 오르는 환상

불 밝히는 목련꽃 필 무렵
3월 하순 개나리 노오란 꽃길
예수님 부활시기여서
열린 하늘 문 향해

소천(召天)하는 임이여
고통 없는 곳 평안히 가시소
주여 그에게 영원한 안식을 주소서.

허무(虛無) 1

경치 좋은 산자락
자물쇠로 채워진 석실 문
납골묘
육신의 재 가둔 감방
당신 홀로 두고 돌아서야 함인가

뒤 돌아보고
또 돌아보고
주검 영원한 이별
바로 허무 허무의 실타래
빈 수레에 싣고 갈 수밖에 없는가

다시 듣지 못할 그 목소리
다시 볼 수 없는 그 모습
속울음 울컥울컥 강물 흘러라
까악까악 까마귀
천국 보내는 행진곡인가.

허무(虛無) 2

둥지의 제왕
낮밤 일곱 해를
그를 보듬던 이부자리
그의 숨결이 배인
비어있는 이부자리

그의 손때 묻은 물품들
한 알 두 알 호박카라멜
가지가지 늘어 있는 약봉지
그를 지키던 손목시계
재깍재깍 주인 찾는 소리

안개비 자욱한 밤하늘
별들이 쏟아져 내리네
안고 가야할 그리움
허무의 강
강물로 흐르네.

오미지 않는 사람아

고운 햇살
꽃바람이면
그를 찾아갈 수 있을까

하늘 가에 피어오른
하얀 뭉게구름이면
그를 볼 수 있을까

오지 못할 줄 알면서도
막연한 기다려짐 어이하랴
오마지 않는 그리운 사람아

단 한 번 볼 수 있다면
못해 준 말 한마디만
말해줄 수 있다면.

사별

둘만의 온기로 가득했던 둥지
아옹다옹 머물러
소곤대던 호흡의 공간
그때가 축복이었네
멀어져 가는
지난날의 추억이여

동그마니 홀로
남겨진 외로운 몽돌
유영하는 심연의 물속
기울어진 둥지
혼밥 혼생 홀로의 공간
연옥의 하얀 연기만 흩어지네

홀로 가는 길
인생이 아니야
축복이었던
지난날의 그리움
창밖의 외등 불빛
여울져 밀려오네.

추억의 길

그리 높지 않은 오르막 길
쉬엄쉬엄 천천히 가다서다
지팡이 위에 두 손 모으고
숨 고르며 서 있던 모습
그의 환영을 본다
약봉다리 들고 지켜보던
내 모습도 보인다

유일하게 그와 동행했던 그길
열일곱 성상 병원 다니던 길
떠난 그를 생각하며
홀로 걷는 빈손의 그 길
가슴 아리게
그리움만 솟는다

암병동 앞 바위에 걸터앉아
홍화문에 꽂힌 멍한 눈망울
171번 버스 여러 대가 지나도록
단장(斷腸)의 그 속울음
흰 구름 머물러 지켜보고 있구나.

빼앗긴 밤잠

꽃송이 벙그는 삼월 햇살에
홀연히 떠난 사람아
검은 밤 하얀 밤
밤마다 빼앗기는 잠
명약인 잠 잃어버린 명약
말똥말똥 시 한수 읊으랴

무상한 삶 섭리일지라도
하늘 나는 외기러기
갈 길 너무 허무함이여
한창 기승인 찜통무더위
문전에 기웃기웃 풀벌레 소리
어이 애닯게 서두르느냐.

삶이란

연인에서 반려자로
때론 오라비로 친구로
골골 고랑고랑 살다간 임아

금혼 역 1번 출구 앞에
가로 놓인 그 강 건너간 사람
본정신으로 살아줘서 고마운 이여

내 몸 살펴 맞춤관리 잘 했으면
더 누릴 수 있었을 지상천국 축복의 삶
아쉽다 말한들 무삼하리오

타고 난 당신의 명줄이라면
서러워하지 않으리다 지는 꽃임을
때가 되면 내도 따라갈 것이기에.

제라늄꽃

거실 문 활짝 열면
내 뜨락 늘 푸른 대숲
비추는 햇살 반짝반짝 빛나네

붉게 피어 소담스런
제라늄꽃 송이송이
방글방글 웃고 있네

열려진 창문 솔솔 바람 들어오니
한들한들 초록이파리 붉은 꽃송이
송알송알 웃음꽃 어여쁘구나

지난 봄 곱게 피웠던 꽃가지
올해 핀 꽃 그 꽃이 아니로되
떠난 임 그리워 홀로 하염없어라.

영원(永遠)은 없는 것

개나리 목련꽃 벙글 때
정든 임 하늘나라 보내놓고
꽃피는 봄 아름다운 줄 모르고
한 계절 보냈습니다

유난히 덥다는 올 여름더위
홀로 맞는 더위 더더욱 덥지만
이 세상의 삶 축제라는 감사함
살아있음 위로하며 견뎠습니다

오곡백과 곱게 물들여 놓고
때 되니 간다는 말 한마디 없이
슬그머니 물러간 찌는 무더위
세상 무엇 하나 영원하진 않습니다.

그 사람

높던 산그늘
멀리 떠난 빈자리
크고 넓어 채울 수 없구나

노란 호박꽃 곱게 필 때
이만하면 잘 살았다
술잔에 빙그레 웃음 띠우던 그 사람

아끼다가 끝내 못했던 말 한마디
아침저녁 허공에 보내는 그 말
영계(靈界)의 영혼에게라도 전해 주렴아.

초란의 미덕

가늘고 기인 풀잎 사이
튼실한 꽃 대궁 두어 뼘
소리 소문 없이 올라와
다소곳이 인사하네

연미색 나팔 모양 꽃
살짝궁 내민 노오란 꽃술
끊어질 듯 미세(微細)한 향내
우아한 기품 코끝에서 알짱이네

가냘픈 몸매 꽃 댕기 나풀나풀
남쪽 창 겨울 햇살 초란의 미덕
은은한 향취 방안에 스미어
너를 품는 영혼 봄날이로다.

사랑초 꽃

겨울 사랑초 꽃피울 때면
들락날락 내다보던 당신
앙증스럽게 피었다는
그 말 듣고 싶어
갸웃갸웃 거실 들여다봅니다

겨울 내내 피고 지는 꽃무리
보이지 않는 임을 찾습니다
다섯 이파리 진분홍 꽃잎
너라도 말동무 해다오
어르며 말 걸어 봅니다

목련꽃 벙글 때 가신 님아
다시 찾아오는 봄
꽃길 사이로 잠시 오시구려
하늘하늘 사랑초 꽃을 보며
오매불망 그리움만 가득 합니다.

세심가(洗心歌)

세월아 빠른 세월아
빠름을 뽐내지 마라

한 번 가면 영영이별
다시 올 수 없는 편도인생

여유만만 관조의 마음
말랑말랑 쉬엄쉬엄 가자스라.

그리움 그 하나

햇살 오순도순
둘러앉은 따스한 툇마루
뜨개질 마무리에 몰입되는 무아

오늘도 내일도
하늘 올려보는 가슴에서야
그리움 그 하나 서성이지라

흐르는 강물 속삭이는 윤슬
청정 넓은 바다의 고요
옥빛 맑은 하늘 흰 구름아

겉으로는 평온해 보여도
가슴에서야 가슴 속 깊이
그리움 가득 하늘만큼 높지라.

신정일 시집

그 꽃 피우게 하소서

인생파 시, 그 오묘함을 시로 잘 표현

李 姓 敎
〈시인, 문학박사, 성신여대 명예교수〉

1. 시의 변화와 성숙의 단계

신정일 시인의 시는 오랜 시작 생활을 거치면서 많이 발전했고 성숙했다. 그런 기간에 이미 첫 시집 「꽃빛 햇살」과 두 번째 시집 「아버지의 묵언」을 내었다. 그 두 시집에서도 독자들로부터 많은 격려를 받은 바 있다.

흔한 얘기지만 일단 땅에 심어진 나무는 자꾸 자라야 한다. 꽃나무의 경우는 좋은 꽃을 피우고 끝내는 좋은 열매를 맺어야 한다. 그런 이치에서 시인 생활은 주어진 생활 가운데서 시로써 좋은 인생의 꽃을 피워야 한다. 남들 같으면 그냥 하늘에 떠 있는 구름도 무심히 지나치지만 뜻있는 사람(시인)은 거기에서 인생생활과 결부시켜 무엇인가 찾으려 한다. 그런 의미에서 시인은 무한한 탐색자다.

신정일 시인은 그동안 많은 시를 쓰면서 그 나름의 인생을 노래해왔다. 이런 과정에서 그의 시는 많이 성장했다. 여기에서 〈

성장〉의 의미는 그 결과인 성숙했음을 뜻한다. 따라서 첫 출발의 시에서 좋은 성숙을 위한 변화를 겪어왔다는 얘기도 된다.

어떻게 보면 시의 변화는 생활의 변화와도 관련이 있다. 그러나 생활이 변화했다고 해서 시가 변하면 안 된다. 그 변화된 생활에서 기존 시를 바탕으로 하여 새로운 세계를 보여주어야 한다. 이것이 진정한 시적 변화인 것이다.

굽이굽이 인생길
부딪게 되는 만난(萬難)
보듬어 안고 가는 도륜(道倫)
밀려오고 쓸려가는
억겁의 인연으로 맺어진 부부
다져지는 모래갯벌
고뇌 인내 환희의 기쁨
그냥 사람의 종자가 되겠는가

인내(忍耐) 맑은 정신으로 꽃잎 피우는
마음이게 하소서
햇살 바람 공기 오늘을 감사하는
마음이게 하소서
아름다움 간절한 소망 감사함을
기도하게 하소서
그 꽃 피우게 하소서.

— '그 꽃 피우게 하소서' 전문

누구나 다 인생살이는 쉽지 않지만 그것을 보듬어 안고 가는 담담한 모습은 한 사람의 도인 같다. 특히 억겁의 인연으로 만난 부부, 늘 마음속 깊이 새기며 사랑하고 배려하는 삶을 기도하는 마음으로 살았다. 여기에서 보는 〈고뇌, 인내, 환희의 기쁨〉은 높은 인간 정신의 발현이기도 하다. 그래서 늘 밝은 빛, 새로운 힘을 간구했다. 여기에서 마음가짐은 늘 주어진 환경에서 감사하며 소원의 꽃이 피어나도록 기도하는 마음이었다.

이 시에서 보는 주제의식의 드러남과 끝마무리의 강조는 높은 차원의 기법이다. 끝 연에서 제1행 〈인내 맑은 정신으로 꽃잎 피우는 마음이게 하소서〉, 제2행 〈햇살 바람 공기 오늘을 감사하는 마음이게 하소서〉, 제3행 〈아름다움 간절한 소망 감사함을 기도하게 하소서〉에서 보더라도 보통 수법이 아니다.

각 행에서 보는 풍성한 정감을 바탕으로 하여 간구하는 기도가 올라갈수록 높아짐을 볼 수 있다. 일종의 점층법적 수법이다. 주어진 인생살이에서 온갖 것을 경험하며 그것의 고뇌, 환희를 진지하게 노래한 결과다.

2. 생활의 큰 변이, 임 그리움의 시(詩)

인생생활은 어쩌면 변화의 역사라고도 할 수 있다. 한 사람의 일생 동안 별의별일이 다 벌어져 그 누구도 예측 못한다. 그래서 영원한 세계를 향한 종교의 세계가 있는 것이다. 신정일 시인에게 있어서 큰 충격은 부군의 소천이다.

불가마 향해
차디찬 주검 싣고

새벽공기 가르며
미끄러지는 리무진
따라오며 배웅하는
이월 열이레 새벽 달빛
온유한 구도자 영영 보내는 날
강변로 오색 가로등도 조용히 밝혀주네

교황님 예복 빨간 긴 목도리
너울너울 흩날리며
날개 달린 백마 등에 올라앉아
뒤 돌아봄 없이
구름 뚫고
위로 위에로 사뭇 위에로
달리고 달려 높이 오르는 환상

불 밝히는 목련꽃 필 무렵
3월 하순 개나리 노오란 꽃길
예수님 부활시기여서
열린 하늘문 향해
소천(所天)하는 임이여
고통 없는 곳 평안히 가시소
주여 그에게 영원한 안식을 주소서.

— '목련꽃 필 무렵' 전문

목련꽃 필 무렵에 임이 가신 것이다. 하늘이 맺어준 인연으로
백년해로를 약속하고 살다가 부부 중 한쪽이 먼저 갔을 때는 온

세상을 잃은 듯 상실감과 아픔을 느낀다. 살았을 때 남편을 〈온유한 구도자〉라고 불렀는데 마지막 가시던 날의 정경을 첫 연에서 자세히 그렸다. 〈불가마 향해 / 차디찬 주검 싣고 / 새벽공기 가르며 / 미끄러지는 리무진 / 따라오며 배웅하는 / 이월 열이레 새벽 달빛〉 여기에서 주검 싣고 미끄러지는 리무진 따라 배웅하는 이월 열이레 새벽 달빛의 의미가 더 크다.

특히 제3연에서 〈3월 하순 개나리 노오란 꽃길 / 예수님 부활 시기여서 / 열린 하늘문 향해 / 소천하는 임이여〉라고 부른 다음 마지막 기도로 〈고통 없는 곳 평안히 가시소 / 주여 그에게 영원한 안식을 주소서〉라고 빌었다. 〈죽음〉이란 생명을 가진 모든 사물의 끝이라지만 인간의 그 것에는 평안하고 평화로운 내세를 소망하지 않던가? 그래서 인간은 마지막 가는 자의 천국행을 기원 하는 마음으로 보내게 된다.

그래서 임을 마지막 보내는 길에서 큰 환상을 보았다. 〈교황님 예복 빨간 긴 목도리 / 너울너울 흩날리며 / 날개 달린 백마 등에 올라앉아 / 뒤 돌아봄 없이 / 구름 뚫고 / 위로 위에로 사뭇 위에로 / 달리고 달려 높이 오르는 환상〉이라고 표현했다. 소망이 있는 눈, 그 마음이다.

이와 더불어 임과의 이별의 시가 몇 편 더 있다. 그 중에도 〈사별〉과 〈오마지 않는 사람아〉가 큰 슬픔을 주고 있다. 그렇다고 해서 흔히 사별에서 보는 그런 통곡이나 애달픔 같은 것을 찾아볼 수 없다. 그저 담담히 운명을 받아들이고 있는 자세가 감동적이다.

　　동그마니 홀로

남겨진 외로운 몽돌
유영하는 심연의 물속
기울어진 둥지
혼밥 혼생 홀로의 공간
연옥의 하얀 연기만 흩어지네

홀로 가는 길
인생이 아니야
축복이었던
지난날의 그리움
창밖의 외등 불빛
여울져 밀려오네.

— '사별'에서

첫 번째 시 〈사별〉 2연에서 〈동그마니 홀로 / 남겨진 외로운
몽돌 / 유영하는 심연의 물속 / 기울어진 둥지 / 혼밥 혼생 홀로
의 공간 / 연옥의 하얀 연기만 흩어지네〉라고 사랑하는 임과 사
별한 심정을 잘 표현하고 있다.

제3연에서도 그 심정을 잘 드러내어 〈홀로 가는 길 / 인생이
아니야 / 축복이었던 / 지난날의 그리움 / 창밖의 외등 불빛 / 여
울져 밀려오네〉라고 했다. 즉, 임이 가고난 후 지난날의 그리움
추억이 창밖의 외등 불빛마냥 쓸쓸하게 비쳐오는 슬픈 심정을
그렸다.

두 번째 시도 임 그리움의 시다. 시의 짜임새(구조)라든가 표현
면으로 봐 이 시 〈오마지 않는 사람아〉가 임 그리움의 시 가운데

으뜸으로 평가된다.

> 고운 햇살
> 꽃바람이면
> 그를 찾아갈 수 있을까
>
> 하늘 가에 피어오른
> 하얀 뭉게구름이면
> 그를 볼 수 있을까
>
> 오지 못할 줄 알면서도
> 막연한 기다려짐 어이하랴
> 오마지 않는 그리운 사람아
>
> 단 한번 볼 수 있다면
> 못해준 말 한마디만
> 말해줄 수 있다면.

— '오마지 않는 사람아' 전문

〈오마지 않는 사람아〉에서 1, 2연이 압권이다. 〈고운 햇살 /
꽃바람이면 / 그를 찾아갈 수 있을까 // 하늘가에 피어오른 / 하
얀 뭉게구름이면 / 그를 볼 수 있을까〉 임 보고 싶은 그리운 심
정을 아름다운 자연물 속에 넣어 노래했다.

이 시 끝(4연)에 가서 〈단 한번 볼 수 있다면 / 못해준 말 한마
디만 / 말해줄 수 있다면〉이 가슴을 크게 울리고 있다. 〈못해준

말〉이 끝내 한이 되고 있다는 것이다. 사랑하는 남편을 여읜 여인의 심정은 어디에다 비할 수 없이 크다.

현재 잃어버린 상태에서 과거 살아왔던 모든 일이 하나의 영상으로 떠올라 아름답게 비칠 때가 많다. 그런 회상의 이야기가 이번 시집 속에 추억의 꽃으로 잘 열려왔다.

> 훤칠한 키 알맞은 체격
> 귀 이마가 준수한 용모
> 하늘이 주신 밥그릇
> 그가 약골일 줄
> 모른 것이 실수였다
>
> 아홉 식솔의 밥줄
> 헌신짝 던지듯 버린 남자
> 그가 미웠다
> 철따라 몸져누우면
> 더 미웠다 섬으로 미웠다
>
> 강줄기 흐르는 중 내내
> 애인하자며
> 떨어지지 않는 여인네들
> 보기 좋은 떡인 줄
> 모른 내가 바보였다
>
> 기대면 따뜻해야할 등받이
> 서산마루 고운 강물 출렁일 제
> 목울대 넘어오는 목울음

미워해서 미안 미안해
본정신으로 살아줘서 고마운 것을

40여 성상 안팎 보듬어
사람 종자로 허둥대다보니
물 스민 흙담 볏짚이엉에도
자작나무상고대 반짝이는 햇살
일편단심 사랑이었노라 말하리라

— '미워해서 미안해' 전문

이 시는 남편 살아있을 때 모습을 보고 그대로 자기의 소감을
시화한 시다. 첫 연은 남편과의 첫 만남의 동기를 말해 〈훤칠한
키 알맞은 체격 / 귀 이마가 준수한 용모 / 하늘이 주신 밥그릇〉
이라고 배우자로 점지한 경위를 말했다. 그런 동기에서 큰 호기
심으로 만났지만 살아간 그 과정은 그 반대였다는 것을 말했다.
그가 약골인줄 모르고 만난 것이 큰 실수였다고 하면서 아홉 식
솔의 밥줄 헌신짝처럼 버린 남자가 미웠다고 그대로 털어놓은
그 솔직함이 진실했다.

이 시에서 제일 감동된 부분은 끝 연(5연)이었다. 〈40여 성상
안팎 보듬어 / 사람 종자로 허둥대다보니 / 물 스민 흙담 볏짚이
엉에도 / 자작나무상고대 반짝이는 햇살 / 일편단심 사랑이었노
라 말하리라〉 아주 실감나는 부분이다. 표현도 〈물 스민 흙담
볏짚이엉에도〉〈자작나무상고대 반짝이는 햇살〉— 같은 것은
아주 실감나는 영상이다. 이 시의 큰 주제의식은 미움 그 속에는
일편단심 사랑이 있었다고 했다.

또 같은 계열 〈미안해하지 말아요〉도 남편에 대해서 자기 마음을 표현한 시다. 〈그 많은 세월 / 멍들고 싶어 멍든 것 아니잖아요 / 하늘이여 착한 구도자여〉 더 이상의 위로의 말이 필요 없다. 환자의 고통을 〈빗물로 모여 진흙 속에 뿌리내린 / 한 송이 연꽃으로 피우리다〉로 표현한 것은 어떤 면에서는 차원 높은 심정이기도 하다. 오랫동안 남편의 지병으로 말미암아 큰 즐거움이 없이 살아가는 아내의 마음은 늘 이해가 크다. 어둠속에 갇힌 남편의 마음이 밝아짐을 기다려 아내는 기도하며 살았다.

굳어지는 구도자의 근육
여기저기 파스 하나 둘
그를 위한 움직임마다
꽃 이파리
피우는 마음이게 하소서

가늘게 흔들리는 촛불
그를 지키는 그림자
애달픈 연민 흐르는 강물
한 송이
꽃피우는 마음이게 하소서

열 번 마음 비워 다짐해도
마음과 실천이란 기름과 물
다듬고 깨달아야 사는 길
바닷가 몽실몽실 쌓인 몽돌
바위의 인내로 버틴 세월이여.

　여기에서 재미있는 것은 환자의 아픈 근육에 파스를 붙여 주는 모습을 〈굳어지는 구도자의 근육〉이라고 비유하면서 어서 낫기를 희구하고 있다. 그리하여 〈그를 위한 움직임마다 / 꽃 이파리 / 피우는 마음이게 하소서〉라고 기도했다. 이것은 또한 제2연에 〈가늘게 흔들리는 촛불 / 그를 지키는 그림자 / 애달픈 연민 흐르는 강물 / 한 송이 / 꽃피우는 마음이게 하소서〉 같은 아름다운 영상을 내세우기도 했다.

　화자는 또한 기도하는 마음으로 살아가되 늘 참고 견딤을 큰 철학으로 해왔다. 그 표현을 제3연 끝에서 보여준 대로 〈바닷가 몽실몽실 쌓인 몽돌 / 바위의 인내로 버틴 세월이여〉 라고 자신의 마음을 나타내었다.

3. 안정 속 자기 인식의 시(詩)

　안정은 어떤 면으로는 예상치 않은 큰 상황, 어떤 사건 속에서 풍랑을 겪다가 옛 모습으로 돌아왔을 때 일시적으로 느끼는 현상이다. 신정일 시인은 어려운 일(부군 사망)을 겪으며 그 고독과 적막을 안으로 삭이는 모습이 현저하다. 마음속에서야 파도가 일렁이지만 겉으로야 차분히 다듬는 생활이 보인다. 이것은 흡사 폭풍우 후의 햇살 퍼지는 오솔길 같다.

　신정일 시인은 한 때 받은 상처로 인생의 공허감을 많이 느끼다가 정신적으로 위안을 얻기 위하여 인간의 영혼 문제까지 깊이 생각하게 된다. 그것이 생활 가운데 더 가까이 옴으로 말미암아 어느 정도 마음의 안정을 되찾게 되었다.

햇살 오순도순
둘러앉은 따스한 툇마루
뜨개질 마무리에 몰입되는 무아

오늘도 내일도
하늘 올려보는 가슴에서야
그리움 그 하나 서성이지라

흐르는 강물 속삭이는 윤슬
청정 넓은 바다의 고요
옥빛 맑은 하늘 흰 구름아

겉으로는 평온해 보여도
가슴에서야 가슴 속 깊이
그리움 가득 하늘만큼 높지라.

— '그리움 그 하나' 전문

연인에서 반려자로
때론 오라비로 친구로
골골 고랑고랑 살다간 임아

금혼 역 1번 출구 앞에
가로 놓인 그 강 건너간 사람

본정신으로 살아줘서 고마운 이여

내 몸 살펴 맞춤관리 잘했으면
더 누릴 수 있었을 지상천국 축복의 삶
아쉽다 말한들 무삼하리오

타고 난 당신의 명줄이라면
서러워하지 않으리다 지는 꽃임을
때가 되면 나도 따라갈 것이기에.

— '삶이란' 전문

이 두 시에서 보는 폭풍우 뒤의 잔잔함 오직 임 생각, 그리움
하나로 살아가는 담담함이 잘 나타나 있다.

첫 시 〈그리움 그 하나〉에서 제2연 〈오늘도 내일도 / 하늘 올
려보는 가슴에서야 / 그리움 그 하나 서성이지라〉와 제4연 〈겉
으로는 평온해 보여도 / 가슴에서야 가슴 속 깊이 / 그리움 가득
하늘만큼 높지라〉가 그 마음을 잘 표현하고 있다.

그 다음 시 〈삶이란〉에서는 더욱 평범하면서도 주어진 환경에
서 정신적으로 여유 있게 살아야함을 잘 보여주고 있다. 제1연
에서 〈연인에서 반려자로 / 때론 오라비로 친구로 / 골골 고랑고
랑 살다간 임아〉에서 그 너그러움을 잘 볼 수 있다.

그런가 하면 제2연에서 보는 안타까움도 나타내었다. 〈금혼 역
1번 출구 앞에 / 가로 놓인 그 강 건너간 사람〉이다. 제4연에서는
모든 것을 운명으로 돌리고 가신 님을 지는 꽃에 비유하여 〈타고
난 당신의 명줄이라면 / 서러워하지 않으리다〉고 다짐했다.

약한 육신으로 태어난 그도
그를 만나게 된 것도
운명적으로 만난 그와 나
원망하지 않으리
후회하지 않으리
맡겨진 짐 지고 갈 뿐이리

사랑 미움 연민 쌓여있기에
비켜갈 수 없는
운명이란 놈
밤마다 별들의 이야기 귀 기울이며
보듬어 안고 가야하리.

— '운명이라면' 전문

이 시에서 보는 그의 삶의 태도 〈약한 육신으로 태어난 그도 /
그를 만나게 된 것도 / 운명적으로 만난 그와 나 / 원망하지 않
으리 / 후회하지 않으리 / 맡겨진 짐 지고 갈 뿐이리〉 여기에서
보더라도 그는 철저한 운명론자임엔 틀림없다. 모든 것을 뒤에
서 조종하는 절대자에게 맡기고 오직 주어진 일에 성실하게 살
것을 마음 판에 새겼다.

그의 소망은 그의 시 〈작은 소망〉에 피력한 대로 〈가슴속 맴돌
아 서성이는 그리움 / 작은 소망 기도로 살자 마음 다지네〉와 같
이 임 그리움과 함께 맡겨진 일을 기도로 살 것을 다짐했다.

그는 한때 마음의 상처를 기워 매고 인생생활의 폭을 더 넓히

기 위하여 자연에 들기를 좋아했다. 여기에서 큰 위로를 얻고 새 힘을 받았다.

하기야 이 자연은 어느 특정인에게만 해당되는 것이 아니고 인류 모두에게 새 생명을 주는 큰 자산이 되고 있다.

신정일 시인의 시 역사로 봐 그의 생활과 연결하여 자연을 노래한 시도 많다. 그러나 그때의 자연시와 오늘의 자연시는 그 담는 내용이 사뭇 다르다. 단순한 서경을 담지 않았다는 점에서도 그 질이 다르다.

> 어여어여 흐르는 윤슬
> 일렁일렁 푸르청청 산 그림자
> 하염없이 바라보는 마음
> 흐르는 대로 마음가는대로
> 가다보면 어디까지 가고 있는지
> 나도 모를 내 마음
>
> 덤불속 비집고 올라온
> 작은 노란 꽃 눈여겨보다가
> 가슴에 고인 꽃잎 모아
> 더 작은 꽃이라도
> 한 송이 꽃으로 피워 보랴
> 이 봄에 뉘게 상의할 이가 없구나.
>
> ― '나도 모를 내 마음' 전문

사시사철 윤기 잘잘
보들보들 가을 깻잎

시골장터 할무이 노점에서
한 자루 끙끙 모셔 왔지요

팔팔 끓는 소금물에
한두 밤 재웠다가
조루루 따른 물 끓이고
또 끓여 식혀 부었죠

숨죽은 깻잎 한 켜 한 켜 사이에
다진 마늘 고춧가루 달달 볶은 참깨
차곡차곡 분단장 어여쁜 새앗씨
입맛 돋우는 맛 향기 좋은 밥도둑이죠.

— '가을 깻잎' 전문

이 두 시 다 마음속 안정을 찾아 자연의 변화를 노래한 시다.

첫 번째 시는 봄의 조화 속에 꽃이 피는 것, 두 번째 시는 가을 깻잎에서 입맛 돋우는 미각을 느낀다는 것 — 아주 소박한 시다.

〈나도 모를 내 마음〉에서 〈덤불속 비집고 올라온 / 작은 노란 꽃 눈여겨보다가 / 가슴에 고인 꽃잎 모아 / 더 작은 꽃이라도 / 한 송이 꽃으로 피워 보랴〉는 봄을 맞아 무엇을 해 보고 싶어도 상의할 상대가 없어 홀로 서러운 심정을 잘 나타내었다.

그리고 〈가을 깻잎〉에서도 끝 연 〈숨죽은 깻잎 한 켜 한 켜 사이에 / 다진 마늘 고춧가루 달달 볶은 참깨 / 차곡차곡 분단장 어여쁜 새앗씨〉에서는 특별히 가을 깻잎의 특수한 맛을 잘 드러내었다.

솔솔바람 햇살 고운 날의 유혹
어디라도 나가보라 거닐어보라
가까운 산 오솔길 늘 푸른 길

구불구불 풀 섶 솔바람 길
애기똥풀 진보라 깨꽃
생글생글 반겨주네 어서 오라고

적송에 등 기대니 무아의 삼매경
다람쥐 한 마리 눈 맞추다가
손살로 달아나네 누가 뭐랬나

가을하늘 고운 반나절의 숨 돌림
이만하면 마음도 푸르청청
하늘 바람 나무 모두가 파랗구나

— '햇살 고운 날' 전문

이 시도 자연 속에 든 마음을 순결하게 잘 노래했다. 우선 이 시의 발상이 지극히 자연스럽다. 2, 3연에서 〈솔솔바람 햇살 고운 날의 유혹 / 어디라도 나가보라 거닐어보라 / 가까운 산 오솔길 늘 푸른 길 // 구불구불 풀 섶 솔바람 길 / 애기똥풀 진보라 깨꽃 / 생글생글 반겨주네 어서 오라고〉 ― 산에 든 마음을 눈으로 보는 듯이 그렸다. 여기에서 자연에다 마음을 의탁한 자연관조의 세계를 잘 볼 수 있다. 그런가 하면 제3연에서는 자연 속에 든 경지를 〈적송에 등 기대니 무아의 삼매경 / 다람쥐 한 마리 눈 맞추다가 / 손살로 달아나네 누가 뭐랬나〉라고 있는 그대로를 잘 나타내었다.

또한 있는 그대로의 자연에서 꽃을 그린 시도 꽤 많다.

〈제라늄꽃〉에서 2, 3연 〈열려진 창문 솔솔바람 들어오니 / 한들한들 초록 이파리 붉은 꽃송이 / 송알송알 웃음꽃 어여쁘구나 // 지난 봄 곱게 피웠던 꽃가지 / 올해 핀 꽃 그 꽃이 아니로되 / 떠난 임 그리워 홀로 하염없어라〉 또 〈초란의 미덕〉에서 끝 연 (3연) 〈가냘픈 몸매 꽃댕기 나풀나풀 / 남쪽 창 겨울 햇살 초란의 미덕 / 은은한 향취 방안에 스미어 / 너를 품는 영혼 봄날이로다〉는 조금 다른 가감 없이 있는 그대로의 정경을 잘 제시하였다.

논 가운데
들마당가 벚나무
까만 버찌 따러 올라갔는데
칭얼칭얼 세 살 조카아이

우는 아이 달래려
내려다 본 마당가운데
붉은 혀 날름 벚나무 향해
두 팔 넘을 퉁퉁한 구렁이
검은 눈빛
아, 이를 어쩌나

아득한 옛 생각

시골집 들마당가
해묵은 벚꽃 몇 그루
올해도 흐드러지게
들마당 가득 피었겠구나.

— '고향집 벚꽃나무' 전문

　사람의 심리가 한때 어려움을 겪다가 어느 정도 안정기가 오면 으레히 좋았던 지난 일이 추억의 꽃으로 열려온다. 쓸쓸함을 벗어나 고향을 그리며 쓴 시다. 〈시골집 들마당가〉〈해묵은 벚꽃나무〉 그중에도 〈두 팔 넘을 퉁퉁한 구렁이〉가 아주 인상적이다. 마음 다스리기 한참 어려울 때 과거 머릿속을 지배했던 영상들이 아름다움으로 나타나기 마련이다.

　한때 가슴속에 스며든 어지러움, 공포를 잊기 위하여 미지의 자연 속에서 그것을 잊고자 했다. 일종의 여행의 길을 텄던 것이다. 앞에서 본 조용한 자연이 아니라 움직이는 자연 속에서 무엇을 찾으려 했다. 처져있는 마음 추슬러 살리라는 다짐이기도 하다.

처얼석 철석 바위를 때리면
치솟는 하얀 물보라 촛대바위
그 절경 홀로 보는 사무친 그리움
하늘 나는 갈메기 네가 알겠느냐
밀려오는 파도야 너도 모르리

아득한 저 수평선
뭉실뭉실 피어오르는

뭉게구름 위일까 파란 하늘일까
어디메서 지켜보실까 그 님이
눈 감지 못하고 떠난 하늘이여

하늘 바다 에메랄드 물빛
정라항에서 삼척 솔비치까지
새천년해안도로 달리는 긴 사념
동해안의 비경 가슴에 담으며
시름일랑 털어내자 어차피 홀로인 것을.

— '새천년해안도로를 따라' 전문

　관광에서 본 삼척 정라진 바닷가 해안도로를 잘 그렸다. 짧은
시인데도 바닷가의 정경을 잘 그렸다. 넓은 바다의 모습, 바닷가
파도치는 모습, 그 위로 새들이 나는 모습, 사뭇 길 따라 지키고
있는 검은 바위들 — 그야말로 바닷가의 신비한 모습을 잘 그렸
다.
　시인은 여기에서 위에서 본 서경을 단순히 스케치한 것이 아니
라 그 속에 새로운 마음을 넣어 노래했다. 남은 삶을 어찌 살 것
인가? 새천년해안도로를 달리는 긴 명상 속에 시인으로서의 꿈
을 꾸지 않았을까?
　이 시에서 먼저 떠난 임 생각을 했다. 아득한 수평선을 바라보
며 〈어디메서 지켜보실까 그 임이 / 눈 감지 못하고 떠난 하늘이
여〉 했다. 그리고 이 시 제일 끝(3연)에 〈새천년해안도로 달리
는 긴 사념 / 동해안의 비경 가슴에 담으며 / 시름일랑 털어내자
어차피 홀로인 것을〉 — 〈새천년도로〉란 그 이름이 준 의미 속

에 시인도 시인으로서의 정진을 다지지 않았을까?

특별히 그가 예전과 달리 임을 먼저 보낸 세상에서 〈바다〉를 많이 찾은 것은 바다의 큰 이미지와 함께 날마다 해가 수평선에서 새로운 희망으로 뜬다는 그 조화와 엄연한 사실을 깊이 깨달은 데서 온 행동이다.

이런 의식으로 바닷가를 찾아 좋은 시도 많이 썼다. 그 중에도 〈바다를 보면〉〈삼척이 아름다워〉〈꽃지해변을 걸으며〉— 등이 그 대표적인 시들이다.

신정일 시인의 이번 시집「그 꽃 피우게 하소서」는 한마디로 그의 시작 생활에 있어 큰 빛을 올리는 시집이다. 그것은 형식과 내용에서 꼭 같이 그렇게 느꼈다.

우선 형식적으로 크게 달라졌다. 겉으로 보기에 대부분 단형시다. 시조와 같은 3행시의 형태 — 이런 시가 한 연을 이루어 고작 3, 4연의 짧은 형태로 되어 있다. 이것은 어떻게 보면 시의 구조도 그렇고 표현도 알차다는 의미도 부여하게 된다.

또한 그의 시 변화에 있어서 좋은 면을 많이 볼 수 있었다. 그것은 그의 시 성숙 단계로서 자연한 모습이겠지만 그것에 영향을 준 것은 부군 소천에 따른 세상의 변화에 있었다. 공허한 심정에서 인생 문제가 더 달라졌다. 현재 살아있는 위치에서 사후의 세계까지 더 깊이 있게 생각하는 계기가 되었다.

결론으로 이번 제 3시집은 시의 형태로나 내용으로 봐서 더 성숙한 면을 잘 보여주었다는 것이 큰 평가다.

그 꽃 피우게 하소서

초판인쇄 2017년 6월 25   **초판발행**   2017년 6월 30일

지은이   **신정일**
펴낸이   **장현경**   펴낸곳   **엘리트출판사**
등록일   **2013년 2월 22일 제2013-10호**

서울특별시 광진구 긴고랑로15길 11 (중곡동)
전화   010-5338-7925
E-mail : wedgus@hanmail.net

정가   10,000원

ISBN   979-11-87573-07-4 03810